WEGE SCHREIBEN – SCHMALER GRAT FÜR ZWEI FÜSSE

W0289722

ROSEMARIE TRACY

# *Wege schreiben – schmaler Grat für zwei Füße*

Deutsche und englische Gedichte

DEUTSCHER LYRIK VERLAG (dlv)

# Wege schreiben

mit jedem Zeichen
etwas weiter gehen

einen Weg schreiben
in die Zeit

schmaler Grat
für zwei Füße

manchmal
führt er in ein Wort

in ein Gedicht

und darüber hinaus
in ein Leben

manchmal
zu nichts weiter

als sich selbst

# My love is polyglot

my love is polyglot
juggling around
quite perfectly
in different codes
pairs of sense
and sound

don't they compete?
indeed I often hear
them argue
which of them
is most concrete
sincere or clear

my lingua franca
repertoire of global sigh
whispers to softly
chanted tunes
inaudible to those
just passing by

my love speaks boldly
daring me to stutter
words I didn't know I had
words I forgot
or never dreamed
I'd utter

# Gegenwart

wenn man
ahnt
was hätte sein
können

damals
wenn man
nicht

was zu blühen
begann
und hätte wachsen
können

damals
wenn man
nur

dann
ist
jetzt

# Noch nicht

klar ist dieser Körper
irgendwann mal tot
aber jetzt noch nicht



irgendwann
löse ich mich auf
segle bestenfalls grenzenlos
nach einem allerletzten
Freudenfeuer mit Leichtigkeit
in die Ewigkeit
aber noch nicht jetzt

noch bin ich
quicklebendig vibrieren
alle Zellen geraten
auf nur einen Blick hin
außer Rand und Band
schon durch den Anflug
der Berührung einer Hand

noch höre ich
folge Ton um Ton
blindlings einer Melodie
auf ihrer Reise
in alte neue
überraschende Kadenzen
und damit jetzt schon
über alle Grenzen

machtlos ist der Tod
im Vergleich
alles kann er nehmen
doch nichts schenken
keine einzige Erinnerung
in ein Morgen lenken

außer dem Nichts
kennt er kein Versprechen
im Gegensatz zu dir und mir
wird er alles und natürlich
dich und mich
am Ende brechen

aber jetzt noch nicht

# Twilight

twilight
reflected by strands
of silver hair
sparkling eyes
a secret tear
amazed
at being here
at being there
so very much
still

twilight
a lively zone
filled with surprise
although the journey
gets harder on the body
minds weightlessly
cope with being here
with being there
all over each other
still

twilight's
experienced travelers
ready to catch gifts
drifting their way
against all probability
at the end
of the day
fingers stretch
longingly
still

# Gravity

actually
I sorta
kinda like
my sagging skin
what fun to swell
from toe to chin
beyond my past
dimensions
as my mind dives
exploring every
nook and cranny
trails ridges thrives
on fantasy
just imagining
your extra skin
meandering on mine
lifts me kindly
mocking gravity

# Jung

ich bin's
nicht mehr
und sah mir
gestern noch
so ähnlich

mein Gesicht
hat Falten
auf Bildern

das Leben hat
etwas hinein
geschrieben

ich wollte
ich könnte
es lesen

## Solo für Bücher

Abend für Abend
allein in der Bibliothek
versetzt mich der Duft
der Bücher in Trance

verfalle ich Zeile um Zeile
einer anderen Welt
locken Leitern an Regalen
hinauszuwachsen
über den eigenen Kopf

Raum wandelt sich
zur Kapsel in der Zeit
in der Stille steht alles still
hör- und spürbar nur noch
wie ein Mantra mein Atem

mit meinen Füßen
auf dem Tisch oder Stuhl
folge ich ohne Eile
Idee und Argument
ad absurdum oder
an lohnenderes Ziel

manches Buch
da bin ich mir ganz sicher
wurde ohnehin nur für mich
und diesen Augenblick
geschrieben

# Konzentration

am Neckar
Enten füttern
und nichts
denken
als Enten füttern
am Neckar
und wenn
eine Welle
ans Ufer schlägt
denken
auf Wellen
tanzende Enten
füttern
mit einem Brocken
um den anderen
und keinem
Gedanken
dazwischen

# Columbus

immer wieder
hinaus
über ein sicheres
Ufer

das Schiff
ist gerichtet
die Segel
sind gesetzt

ich weiß
der Wind
wird kommen

ich muss
das Ruder
fest halten

vor dem Wind
bleiben

der Zeit
entgegen

vielleicht
ist noch
Zeit

vielleicht
ein Ziel

## Ocean time

rarely I spent time
past sunrise on the beach
leisure strolls
were not my thing
memory recalls
rigorous walk and run
a crooked palm or rocks
as distant goals

nevertheless
I often stopped and bent
for tumbling shells tossed
by the surf just
towards me it seemed
as they came and went
I often dreamed
that I was one of them

enchanted
with the dented ones
the scarred and bruised
I listened to their story
of life ocean-battered
rough edges smoothed
with age their message
what still mattered

no longer hosting
anyone let alone a pearl
peacefully coasting
they offer freely
as they drift and swirl
shelter and company
to those who venture close
like me

# Ganz nah

Für Mariann, siebenjährig

hin und wieder
vor dem Schlafengehn
fliegen wir Hand in Hand
zum Mond

oder
zur nächsten Galaxie

um wackelige Milchzähne
wie kleine weiße Blumen
auszusäen

oder
wie Bäumchen
einzupflanzen

denn so
ohne dass es einer
bisher wusste

haben wir beide
Milchstraßen
in Milchalleen
umgewandelt

glaubt mir
es ist nicht schwer
es ist nicht weit

darüber
sagt das Kind
und deutet
auf den Boden

darüber
beginnt
der Himmel

## A prayer after all



hands fold
far from praying
as far as I can tell
they engage in
casual conversation
twitches pressure
pause
in private code

while they silently
negotiate
they glance at me
now and then
proud I think
of their courage
to reach out where I
dare not

I can't help smiling
with a trace of envy
at their camaraderie
committed
to hold on as if
each encounter were
the last one
ever

maybe a prayer
after all

## Alternative Nacht

Hommage an Annette Droste zu H., »Durchwachte Nacht«

In sternenklarer Nächte Stille
träume ich mich ans Firmament,
entfliehe meines Körpers Fülle
ins All, das keine Grenzen kennt,
dort schwebe ich dann leicht und heiter
mit meiner Sehnsucht als Begleiter.

Planeten, deren Bahn ich kreuze,
tauchen mich in warmes Licht,
locken: »Unterbrich die Reise!«,
doch halten können sie mich nicht.
Ich winke ihnen, gleite weiter,
mit meiner Sehnsucht als Begleiter.

Wohl weiß ich, dass in Wirklichkeit
Himmelskörper nicht dort schweben,
wo wir sie sehn in Ort und Zeit,
so griffen wir denn auch daneben,
suchten ich und mein Begleiter
bei ihnen Halt. Drum ziehn wir weiter.

Aus dieser endlos weiten Stille
tauch ich im Morgenlicht zurück
in unsre Schwerkraft, meine Hülle,
ein wenig taumelnd in dem Glück,
dass wir noch hier sind, ich und du,
und meine Sehnsucht stimmt mir zu.

J'EXISTE.

# J’existe

*j’existe*
steht da angeklebt
trotzt Wind und Regen
ich frage mich
ob der Verfasser
oder die Verfasserin
noch lebt

wenn *j’existe*
noch stimmt
gerne würde ich
ihn oder sie
treffen
doch zuerst
treffe ich dich

*j’existe*, wenn ich
warte irgendwo
in der Welt

*j’existe*, wenn ich
nicht mehr warte
weil du da bist

## Passé

flüchten die Spinnen
ins Haus
ist wieder ein Sommer
passé
unmissverständlich
alle Zeichen

Woche um Woche
kein Regen
ein Leichtes für den Herbst
die Bäume leerzufegen
Widerstand
unwahrscheinlich

der Ball der Sonne
trifft uns flach

# Zwei Blätter

zwei Blätter
durch einen Windstoß
mir in den Weg
gewirbelt



rief das eine:
lies mich

das andere:
schreib

ich bat den Wind:
lass liegen

nimm mich mit

## First snow

the snow came
as trees were
just about ready

branches begged
for cover
reaching out and up

welcoming
layer upon layer
of white

proudly they stood
in every detail
clearly articulated

no sound
only the click of
crystal fractals

gently
autumn had freed
leaf after leaf

all sliding
into mosaics
of gold and bronze



entranced
under the snow
they know

that they will
rise through soil
and roots

and fly
again

## January snowfall

snowfall
that magician
plays tricks on time
putting a stop
to all but breathing
humming
heartbeat

winter's coat
gobbles up noise
white roofs huddle
people inside
like hedging birds
keeping them
safely nested

not us

we step out
into a silent morning
hand firmly
clasping hand
slippery ground
once more
one more excuse

could snow speak
surely it would say
remember
I have carried
both of you
before

## Friends

For Sarala and Ken Van Dover

dark days brighten
as you hear
me say
such dark days

mimicry
of darker nights
which taught us
to build fires

excuse
for huddling close
craving the warmth
of other bodies

dark days
ready the ear
for sounds about
to be spoken

helpless
on their own
such days rely
on us
for rescue

## Recipe for cold days

wrapped
in a warm blanket
on a cold
winter day
I will soon give in
to the bold
wish to say
how much I miss
your kiss

more precisely
I miss
each move of lips
on lips
leaving us
blissfully
speechless

how could I
or anybody
on such cold days
or at any other time
not be missing
kissing

## Early bird

relax, little sparrow
much too early
– it seems to me –
for insisting
on a nesting place
I promise I will
help you out
come warmer days

the bird house targeted
by you this afternoon
is tossed and spun
around by winter's hand
so it appears by far too soon
to place your trust
naively on the sun

however what if you
– not me – knew what
there is to know
and knew best
all about the urge
to build a nest

# Harvest of smiles

today
people's smiles
met mine half-way
no effort needed
for unfreezing
mirror neurons

happy faces
so determined
to not succumb again
to winter's spells
and snowy showtime
specials

a good harvest
of smiles it was
brightening days
and nights to come
short of perfect only
in not finding yours

## Garden magic

blackbirds
at my heels
where I turn up the earth
they dig
for wiggly treasures

suddenly
so it seems
my titmouse colony
has doubled
in number and
in voice

lilies of the valley
bells all excited
get in line
for that final ride
on spring's back

peony
returns my smile
like me ah craving
summer ecstasy

a wooden plank
propped
against a wall
a secret door

always
the gentleman
woodpecker offers help
to open it

# Trees of China

such privilege
listening to the voices
of the big old trees
in Southern China
never missing
a single tone

the bearded trees
fine tresses almost
touching ground
invite come play
hide and seek

generous trees
watching over us
mild eyes unblinking
shelter from suns
gone wild

trees dipping
branches into lakes
teasing the lotus
maybe scratching
a carp's back

orchid trees
lighting candles
making the night
safe for us
to walk

trees
lining street
upon street
with magnificent
most singular
features

memorable
breasts, noses
bellybuttons
wombs
paper-thin bark
to write on

no doubt
I could touch
my way
eyes closed

carefully
I step over
giant roots holding
the world and me
in place

## Nur mal hypothetisch

könnte mich heute
wohl irgendjemand
mal ganz kurz umarmen
und mir dabei sagen
gar so schlecht
machst du es
ja nicht einmal
mit dem Leben

welche Leute
könnte ich denn fragen
wer würde sich meiner
wohl erbarmen
und was müsste ich
für die Berührung
und eine gut gemeinte
Lüge letztlich geben

hm, da frage ich
doch mal spontan
die Frau im Bus
den Koch von nebenan
und – für den negativen Fall –
die Kinder dort
auf ihrem Weg
zum Sport

oder erböte sich
– ich denke jetzt mal weiter –
der Litfasssäulenposterkleber
gegenüber
ganz hoch oben
auf der Leiter



denn gäbe ich
der Leiter bloß
gezielt gekonnt versehentlich
– oh, welch ein Missgeschick! –
so einen klitzekleinen Stoß
löste sich mein Problem
mit etwas Glück
recht elegant
und mit gewissem
Charme

fiele mir doch dann
praktischerweise
der Litfasssäulenposterkleber
fast wie von ganz alleine
wenngleich für mich
nicht völlig schmerzfrei
oder sanft und leise
in den Arm

vielleicht wär mir
– jetzt nur mal hypothetisch –
obgleich klar unverdient
und zweifellos pathetisch
ein Lob
ob meiner Geistesgegenwart
wenn nicht sogar
ein Kuss gewiss

## Unverhofft

stell dir vor
du biegst
um eine Ecke
und da stehst du
noch einmal

so unverhofft
trifft sich nicht jede(r)
manch eine(r) bleibt
sich fremd
ein Leben lang

du aber siehst
es führt kein Weg
an dir vorbei

lächeln
sagst du dir
und sagst dir
lächeln

und du lächelst
und du lächelst

und ihr hofft
der erste Eindruck
möge täuschen

# Emotional intelligence

today I invented
a benevolent
recipient for my

outbursts of love
a brilliant discussant
of ideas however wild
or demented

a fictitious interlocutor
ingeniously designed
who responds
most graciously
even to trivial thoughts
with enthusiastic texts
in different fonts

Garamond mimics
a passionate lover
programmed to say
no other woman ever
expressed in a more
creative, clever
or heart-warming way
how much she cares

stern Arial in bold
hits my screen
with rare complaints
anxiously hurled
whenever there is
due to constraints
he's never met
in his virtual world
just no time
for me to chat

constructive feedback
reaches me in Times
New Roman on attempted art
playful rhythms, rhymes
created on my part
and when he really
likes what he reads
he sends a smiley
rosebud or – straight to
my heart – a heart

# Glaube

er wartet
auf dem Meer

er sagt dir
er habe immer schon
auf dich gewartet

er sagt
komm zu mir

und du steigst
aus und schaust nur
in diese Augen

du gehst
über das Wasser

ein wenig kühl
unter der Sohle
läufst du
und versinkst
in diesen Augen

du hast ihn
gesehen und
gehört
und geglaubt

immer
wirst du
glauben
er hätte dich
festgehalten

wenn er nur
gekonnt hätte

# Ikarus rehabilitiert

es war nicht die Sonne
er erhielt keine
Landegenehmigung



man hat uns Sand
in die Augen gestreut
mit einem Märchen

Väter lieben diese Märchen
von mehr oder weniger
folgsamen Söhnen

das vereinfacht alles
so kolossal

Mütter wissen besser
sie hüten ihr Federkleid
im Schrank

auch sie sind frei
alle sind frei

jedem
seinen Höhenflug
wer fliegen will
darf fliegen

nur nicht landen

## Also sprach der Berg

schließlich
kam der Berg

an der Haltestelle
für Berge
wies der Prophet
auf den Fahrplan
und sagte

du kommst
zu spät

auf den Bergen
sprach der Berg
geht die Zeit
anders

daher
verpasst man sich
so leicht

# Kindersoldaten

die Hölle
sind wir längst
hat doch der Mensch
kaum etwas
so perfektioniert
wie das Töten
des Menschen

dieser Ort nimmt
Kindern jede Hoffnung
im Tausch gegen ein Gewehr
ein Messer
und den Hinweis
auf ein Ziel

fast schon ohne Hass
jenseits aller Regung
blinkt hinter
Kimme
Korn
kein Auge

sind Teufel längst
Geschichte

# Kartographie

auf dem Globus
ist Krieg

irgendwo
unter meinem Finger
wird gerade gestorben
von Menschen
die vielleicht
nicht einmal wissen
dass die Erde
zu der sie werden
längst vermessen ist

und noch dazu
beliebig oft reproduziert
im Maßstab
eins zu hunderttausend

## Sommerkälte

40° im Schatten
Wälder brennen wie Zunder
Flüsse fördern ans Licht
was sie jahrzehntelang
gehütet hatten
Bomben und sonstigen Plunder
noch kein Regen in Sicht

bei über 40° in der Sonne
friere ich
ist doch gefühlt
die Welt ein kalter Ort
ertrinken Männer, Frauen, Kinder
auf der Flucht im warmen Meer
mit Sicherheit nicht leichter
als im Winter

Pegel steigen
der Permafrost versumpft
dem Jetstream gleich
längst außer Rand
und Band sind Hass und Wut
kaum mehr zu kontrollieren
wie kalt und abgestumpft
die Menschen
um inmitten dieser Glut
nicht zu erfrieren

bei 40° im Schatten
fröstle ich
erinnere mich vage
nicht lange ist es her
vielleicht sogar nur Tage
da hatten wir anderes
mit dieser Welt
und uns in ihr
im Sinn

54

## Landratsamt

die Frau war
ausnehmend hübsch
und verfügte außerdem
über Qualitäten
anderer
die sie säuberlich führte
in einer Kartei
nach Herkunft
geordnet
und Dringlichkeit

mehr als hübsch
war sie geduldig
in der Duldung
anderer

unvergesslich
über dem Stempel
»wird ausgewiesen
am soundsovielten«
im Pass
ihr Lächeln

## Unstoppable

unstoppable
my words race
forward
while I'm still
dragging my feet

almost
faster than light
sound jumps
the space
between us

faster yet
your recognition
then
your smile

## Travelogue

no need rushing
eyes close
as each cheek
awaits its turn
brushing
a body's landscape

lips cruise lightly
side by side
resting at times
on other lips
hands glide
towards face
or hips
fingers squeeze
a muscle
here and there
curl or smooth
a strand of hair

as I drift safely
between places
settling into arms
and sleep
memory promises
to keep each journey's
traces

# DANCE

love whenever
it invites me to dance
gracefully
offers its hand
yet knowing me quite well
it also knows I'm not in need
of a lead

gently
coyly almost
we negotiate
each single move
and when I feel
its palm on my skin
I shiver

# Zuallerletzt

alles kam anders
so völlig anders
nicht dass wir a priori
eine Zukunft
ausgeschlossen hätten
in der alles anders
so völlig anders
kommen konnte

nicht einmal
den Tod
hatten wir ignoriert
als Möglichkeit
auch wenn er nicht
ganz oben stand
auf der Liste
unserer To Dos

ganz langsam
kam das andere
verzögerte anfangs
nur Schritte
stellte einen Arm still
verunsicherte zunächst
verunmöglichte dann
den Griff

nahm schließlich
alle Worte weg
jeglichen Laut
Atem
nur der Blick
so gar nicht
anders
hielt mich fest
bis zuletzt

## Zeitzeugen

Gedichte
Zeitzeugen einer Zeit
jenseits aller Zeit
quirlen lebendiger
denn je vor mir
schwarz auf vergilbtem
brüchigen Papier

ungerufen
waren sie plötzlich
wieder da, navigieren
mich als Wegbegleiter
Schritt um Schritt
zurück zu mir zugleich
ein Stückchen weiter

nichts
muss ich hinzu erfinden
beschönigen, nichts ließe
sich bestreiten vor Gericht
würde ich sie und mich
verleugnen wollen »nein
das war ich nicht«

hätte ich
sie je verbrannt
unmissverständlich
wären sie mir doch
auf die Stirn geschrieben
und so auch ungehört
bei mir geblieben

## Dort leben wir

wir nehmen einen Tag
setzen ein Schiff hinein
und einen Baum und eine Sonne
rechts oben in die Ecke

dort leben wir
und bewegen ganz langsam
die Sonne nach Westen

am Abend planen wir
weitere Tage mit Schiffen
auf Meeren und Bäumen
und Vögeln in den Bäumen

wir verabreden Zeichen
einander wiederzufinden
ich habe keine Angst

in jedem Leben, jeder Nacht
erkenn ich dich daran
wie du an deiner Nase zupfst
und unter meinem Haar atmest

## Doch dann

what
would it take
to silence me
in welcher
meiner Sprachen
schwiege ich
zuerst

reicht
ein Blick turned
no longer meeting
mine als wäre ich
schon fast
nicht mehr
da

it would not
take much
ein andrer Tonfall
vielleicht
kein Wort

but then

wüchsen mir
feather upon feather
in jeder
meiner Sprachen
Flügel und schon
wäre ich auf
und davon

# Skin memory

tactile recovery
of life's footprints
no map needed
for navigating between
trembling isles
no scout ever
traced a clearer
path than a single
finger's play
on skin's memory

## Seeing it all

that first day
when I was
– finally –
reborn a pelican
the moment I smelled
and tasted salty air
I knew
I was here before

not on this very tree
– highly unlikely –
but once I dared
open my eyes
I recognized the sparkle
of a sun-lit shore

testing wings
by flapping
beak by call
a hop to the rim
brought me in reach
of storms riding by
then all it took
was heart to fall

so eager to fly
so unaware

of what pelicans
– or any bird –
need to know to survive
the rest of their lives
so driven to see
what I had been

then far below
along the coastal line
among uncountable
footsteps of any size
I saw mine

etched in sand
weighed down
by loss, pain, grief
alternating traces
left by joyful dance
lopsided limp
sunrise death
sunrise trance

memory of longing
for once seeing all
brought together
from a safe perspective
and so it was

## Einmal

einmal
möchte ich
mehr schenken



als Worte

auch mehr
als Bücher

voller Worte

einmal
möchte ich
wortlos sein

ohne Zitate

einmal
klaglos stumm
und schlicht

wie der Abstand
zwischen diesen

Zeilen

mehr
gibt es nicht
zu sagen



und schon das
ist entschieden

zuviel

## Unverloren

wen der Weg
mit sich
nimmt

der muss
unverloren
bleiben

der muss
seine Spuren
kennen

und wissen
das
war ich
auch

I·N·H·A·L·T

Der deutsche lyrik verlag (dlv) ist ein Imprint
der Karin Fischer Verlag GmbH, Aachen.

*Besuchen Sie uns im Internet:*
www.deutscher-lyrik-verlag.de · www.karin-fischer-verlag.de

*Bibliografische Information*
*der Deutschen Nationalbibliothek*
Die Deutsche Nationalbibliothek verzeichnet
diese Publikation in der Deutschen Nationalbibliografie;
detaillierte bibliografische Daten sind im Internet über
http://dnb.d-nb.de abrufbar.

FSC
www.fsc.org
MIX
Papier aus verantwortungsvollen Quellen
FSC® C083411

ISBN 978-3-8422-4719-2

Alle Rechte vorbehalten

© Rosemarie Tracy 2020
© für diese Ausgabe Karin Fischer Verlag GmbH 2020

Satz: yen-ka
Umschlaggestaltung: Vogelsang Design
Bildnachweis: »Wolke u. Pelikan« (Umschlag)
u. »J'existe« (im Innenteil) von © Rosemarie Tracy

Hergestellt in Deutschland